AF283500

LEYENDA DE ATALO, HÉROE DE TOLEDO
y cuatro relatos por añadidura

*

Jesús Muñoz Romero

Editorial LEDORIA
J   M   R

I.S.B.N.: 978-84-19887-19-1
Depósito Legal: TO-377-2023
© De la edición: Editorial LEDORIA - Jesús Muñoz Romero
* Calle del Conde de Casal, núm. 47
Las Ventas con Peña Aguilera (Toledo)
* Calle de la Fuente del Moro, núm. 6
Toledo
Teléfono: 925 25 13 81
Correo electrónico de contacto: info@editorial-ledoria.com
www.editorial-ledoria.com

LEYENDA DE ATALO
(héroe de Toledo)

A ella, a la amada, que me dejó
con su mirada ajeno a la miseria.

INTRODUCCIÓN

La leyenda que se transcribe a continuación fue
hallada el 21 de marzo de 1967 durante las labores
de desescombro que se realizaban en una casa de la
calle de Núñez de Arce. Preguntado el operario que
la encontró, dijo haber golpeado la pared de ladrillo
y caer a sus pies una pequeña vasija de barro sella-

da con alquitrán. Dicha vasija había reposado durante siglos en una suerte de columbario abierto expresamente en el muro para custodiarla. Tal cual nos ha llegado, sin modificación alguna, salvo la inevitable de la traducción del latín al castellano, la ofrecemos ahora a ustedes. Un estudio realizado por un grupo de investigadores del departamento de Filología Clásica de la Universidad Complutense de Madrid, ha llegado recientemente a la conclusión de que se trata de una obra desconocida de Cayo Obesus, un cronista romano que arribó a Hispania en el siglo IV después de Cristo de la mano del legado proconsular Sexto Apuleyo. ¿Se trata de una leyenda o de una historia real? Esto no se ha podido determinar hasta el momento, y queda más bien para la evocación y para el ensueño imaginarlo cada uno de nosotros.

De dicho estudio se colige asimismo que estamos ante un texto inacabado, como puede apreciarse en varios de sus breves capítulos, que no pasan de ser meros apuntes, y del género de la escritura utilizada, muy rápida y llena de tachaduras y correcciones. Por otra parte, el género de su sintaxis y la técnica introspectiva utilizada nos ofrecen un texto verdaderamente moderno y sin paragón en su época.

El manuscrito original se conserva en el Fondo Antiguo de la Biblioteca Regional de Castilla-La Mancha (Alcázar de Toledo), y es un pergamino enrollado al modo que los judíos custodian la Torah, de 24 por 120 cm.

I

En el palacio del pretorio ondean los estandartes y las águilas imperiales. Las dueñas las han bordado para celebrar al nuevo emperador. En cierta ocasión, el joven Adriano pasó por la noble ciudad de Toledo camino de Itálica y un harúspice lo coronó de laurel postrándose ante su majestad. Todos recordamos que fue muy generoso otorgando parabienes a cuantos se le acercaron.

Las enarenadas calles rezuman el hirsuto sabor de las tabernas, de sus puertas brota un rocío de vino añejo que se mezcla en el aire con el sonido de las liras y atavales, elevándose como un inmenso manto de ebrio fragor sobre plazas y azoteas, rodeando todo el recinto de los muros de piedra y traspasándolos, desbordándolos.

Fulvio también bebe y canta en la gran estancia de la villa. Una bella esclava le baña el complaciente rostro con una tinaja de vino rojo, mientras otra le besa el vibrante torso desnudo, recostado sobre el triclinio. Los invitados contemplan la escena con placer y ríen y ríen sin medida.

Marcia también ríe. Ella es hermosa y turgente como las diosas de Beocia, ella es suave como la miel de Hybla. Dicen que era hija del procónsul de Numidia, y que su marido, el noble Cayo Nobilior la desposó en Cartago, antes de retirarse con su fortuna a Carpetania para morir en reposo; pero hay quien asegura que fue la musa de la lasciva Alejandría.

Miradla como cimbrea su cuerpo cual la bruma entre las sombras; miradla mirar con sus ojos negros como el basalto atrayendo con su danza al decurión y despreciando sus recios brazos; miradla enlazar sus manos y su rostro al cuello del cuestor y ahogar su aliento entre su pelo. Mirad sus manos y sus muslos, se acerca a Fulvio, que aparta de sí a las dos esclavas y la aguarda enhiesto. Se acerca lentamente, deslizándose, enajenando los corazones, ofreciendo los carnosos labios y rebelándose, rodeando y huyendo para tornar de nuevo con la garganta entrecortada. Frenético juego que termina tajante entre los labios hinchados del héroe y el estallido de gritos de los congregados.

II

El aire está inflamado esta noche de primavera, los ciervos lo intuyen y acuden a las fuentes a calmar sus heridas. En los montes cercanos, el aroma de la madre tierra recién mojada apenas si puede destilar los secretos arcanos que cobija, y todas sus criaturas son atraídas hacia las cimas para contemplar la extraña resonancia de la ciudad cegadora.

En la ya perdida infancia, el pequeño Atalo también subía hasta las cumbres para sentir el extraño silencio del romero y de la greda, el enigmático vapor que flotaba sobre el río y dejaba entrever la tremulante luna, el gran acueducto que incitaba a cruzarlo para ver el laberinto vedado, cruzarlo como lo cruzaba el agua pura para no volver jamás sino revestida de licor ardiente.

Un día ya fue tarde y el nuevo Atalo aprendió que la luna ambarina era la esposa de un gran dios y que los dioses existían, amaban y mataban como los hombres, pero regían el universo. Y bajo los pies del nuevo Fulvio se acumuló el polvo de la Dacia y el perfume de Babilonia. En todas partes se hizo célebre el valor y la destreza de este ondero que venía de la lejana Hispania.

Conoció de cuanto se compone el mundo y admiró cuantas maravillas recauda; amató el fuego y las tormentas, y en todas partes decían que su brazo era su espada, que sus pies eran sus alas, que sus labios la mandrágora.

Amó, bebió y venció cuanto apurar los días con sus noches a un hombre le es dado apurar, y si olvidó los latidos que surgían de la tierra fue porque aprendió que las moradas de los dioses son del fino mármol de Corinto y sólo los héroes alcanzan la Isla de los Bienaventurados, en donde son dioses ellos mismos y pueden seguir amando eternamente.

No me reprochéis que calle el dolor que engendró en sus hazañas, si fue tanto que he querido olvidarlo; en realidad, he olvidado casi todo, y apenas si recuerdo mi nombre y unos versos que compuse a la amada ausente.

¿A cuántos hombres mató en las guerras? No lo sé. ¿Cuántos caminos recorrió y durante cuánto tiempo? No lo sé. Sólo creo que me han contado que el deseo de gloria que poseyó Atalo, o mejor Fulvio, lo llevaron hasta Roma y a vencer allí en el circo en más de cien carreras.

III

—Los caballos que han venido de Emérita son muy briosos —dijo de súbito uno de los patricios asistentes a la reunión.

Hombres y mujeres cesaron al punto sus risas en torno al peristilo y se retiraron hacia las galerías dejando expuesto en el centro a un anciano frágil y diminuto, vestido con una toga blanca, enorme y contrahecha que acentuaba más aún su insignificancia. Todos aguardaron furtivamente la airada respuesta de Fulvio ante lo que parecía una afrenta intolerable. Nadie se hubiera atrevido a imaginar siquiera, que por más que fueran hipogrifos los que se enfrentaran a los potentes corceles toledanos, pudieran derrotar el gobierno de un verdadero dios. Pero dicen que Fulvio se limitó a sonreír y a contestar serenamente:

—Noble Tulio, tus sienes plateadas no delatan tu necia sabiduría. Yo poseo los corceles de Faetón y los brazos de Hércules.

Todos asintieron ante una evidencia que consideraban irrechazable y se dispusieron a seguir bebiendo y danzando. Pero Tulio, insospechadamente, se acercó hasta Fulvio y elevando la voz dijo:

—Mis queridos amigos, bien me conocéis y sabéis que desde hace veinte años he tratado de crear la escuela de cuadrigas que diera renombre universal a esta región de Hesperia. En ello he puesto todo mi empeño y toda mi fortuna, pero año tras año los emeritenses nos han humillado. Sin duda, ellos cuentan con el favor de los dioses.

—Calla, anciano —replicó Marcia enérgicamente, abrazando a Fulvio—, ahora un dios correrá y ganará para nosotros.

—Te respeto, Tulio —dijo Fulvio mientras se acercaba a él, que parecía cada vez más frágil ante la impresionante fortaleza del héroe—, y entiendo tu preocupación, pero tú me conoces, yo soy Fulvio —e íbale rodeando mientras le hablaba—, mis caballos africanos son más veloces que la cólera de Júpiter y el viento furioso de Eolo.

Tulio suspiró profundamente y trató de replicar a Fulvio, pero lo atajó clavándole su mirada pétrea.

—Además —siguió Fulvio—, no es suficiente con

poseer los caballos más veloces, hay que saber gobernarlos y hacer que el más dócil gobierne a sus hermanos, y que sus hermanos le obedezcan por tu mano; y hacer que el más indómito reprima sus impulsos a deshora, y en el momento justo domine al resto. Yo venceré, y no hay nada ni nadie que pueda evitarlo.

—Entonces, apuesta toda tu fortuna —gritó una voz enérgica y desconocida.

—Es el nuevo pretor, es el nuevo pretor —este susurro cruzó como una saeta entre los arcos del jardín, rasgando los ansiosos pechos.

—Apuéstalo todo si tan seguro estás de vencer —repitió, recortándose su grácil e inexplorada figura bajo el dintel de la puerta, coronado por la luna inquieta.

Todos los elementos parecieron detenerse aguardando la respuesta al reto.

—No seas inconsciente —interpeló Tulio.

—¿Y qué ganaré a cambio si venzo? —dijo al fin Fulvio.

—Nuestra admiración eterna.

—Creí que ya la tenía —repitió con ironía.

—Además, haré que se erija una estatua en tu honor en el templo de Hércules.

—Acepto.

IV

Pronto amanecerá y la ciudad, que apenas ha dormido, se congregará junto al río para aguardar el solemne momento de la carrera. Hasta el mediodía, el séquito del pretor no abandonará el recinto interior de la ciudad, pero una falange más invulnerable conducirá antes a Fulvio desde la puerta Agilana hasta el Circo.

Muchos campesinos han venido con cestos llenos de frutas con la esperanza de venderlos y adquirir una entrada para la carrera. Incluso algunos pastores de los montes han bajado para mirar. Se les reconoce bien por su tosca indumentaria y sus torvos rostros. Son gente arisca, bruñida por los rigores del bóreas y el áspera canícula. No son bienvenidos en la ciudad, pero elaboran un manjar que denominan arrope y un queso rancio con aroma de romero que, a veces, cambian por espadas y venablos.

De ellos he oído decir que primitivamente amaron y moraron en el dominio que hoy es nuestro y que consideraban a Toledo como su monte sagrado, juzgándose ellos mismos los hombres más felices de la tierra, en tanto que vivían en libertad, venerados por sus vecinos. Incluso hay quien asegura que oradaron las entrañas de cuantas colinas componen toda la extensión circular que rodea el río, y que tejieron allí un laberinto de túneles en que depositaron tesoros de un metal extraordinario llamado oricalco.

Son hombres agrestes e imperturbables, y, sin embargo, sus manos son fibrosas y las cuidan con esmero para hacer sonar la lira y el caramillo.

Mirad a dos de ellos con el pelo enredado. Se mueven torpemente entre la multitud bulliciosa. El más joven pareciera que su misión es proteger al anciano venerable que lo acompaña, pero también se halla desconcertado como él, y ambos son un pétalo de rosa en las garras del cierzo que porfía con fervor.

—¡Ya viene Fulvio!

Un inmenso clamor de ansia contenida estalla ante la presencia del héroe y una intensa expectación reverbera en el palenque. En efecto, es Fulvio. Cuatro esclavos lo sostienen sobre un trono y los soldados de la guarnición lo protegen. Se abren paso a empellones. Alguien ha derribado al anciano carpetano. El héroe pasa con su torso curtido camino de la gloria. Al vencer, el Toledo romano vengará la humillación que le ha causado la Emérita romana durante tantos años.

V

Cuando la luminaria que arde en el ara del templo de Marte hace su entrada en el Circo, el griterío de las gradas cesa fulminantemente. Los heraldos la preceden con hierática solemnidad y la depositan en el centro de la espina. Acto seguido, un coro de bacantes anuncia que las cuadrigas están a punto de salir. Lo hacen con lentitud controlada, guardando el orden previsto en el sorteo, pero en los rostros tensos de los aurigas se percibe la importancia de lo que va a acontecer. Los caballos dominan a duras penas también su irrefrenable inquietud.

Seis carros venidos de todas las regiones de Hispania competirán por el laurel de oro. El primero en saludar al pretor es el atalaje de Emérita Augusta. En sus sienes reluce el preciado trofeo que depositará junto al altar hasta que la carrera concluya. El nuevo vencedor gozará durante un tiempo del tratamiento de héroe en su ciudad. Como todos los años, Emérita presenta unos corceles prodigiosos.

El anfitrión es el último en desfilar frente al palco. Es Fulvio. Nadie duda de que su prestigio y habilidad darán el triunfo por vez primera a Toledo. Saluda con desdén al nuevo regente venido de Roma y dedica una mirada ardiente a Marcia, sentada junto a él.

La carrera constará de seis vueltas y sólo habrá un vencedor y cinco derrotados. El público se revuelve en sus asientos. La excitación ya no debe contenerse. La vida no es un suspiro, pero trascurre como si fugaz aconteciera para después hallar la gloria. Ya la enarbolo como si los hados me protegieran con afán. El afán que me arrebatan cuando iba a tomarlo. Tomarlo de los otros.

«No se siente nada, sólo silencio. Ella deja caer el pañuelo y los aurigas se lanzan catapultados como el rayo de Júpiter. No sientes nada. Yo también me siento arrastrado por una fuerza cegadora y los gestos desencajados y anónimos se suceden a medida que giro cruelmente; su ira es más temible que la cólera de Júpiter. Siempre concurren los mismos elementos, los recuerdos de una infancia exiliada entre los bosques y las cavernas y un rayo de luna que semejaba una mirada transparente y seductora.

Cuando por fin soy testigo de lo que acontece ya ha concluido la primera vuelta y ocupo el último lugar de la formación. Entonces se transforma todo y mis instintos recuperan la fuerza acostumbrada. El sudor que surge de las grupas de los corceles se mezcla con la sangre floreciente que brota de mis costados, y así, unidos, se convierten en un vapor tenue y volátil que se introduce por las más leves oquedades provocando una aclamación desencajada. ¡Qué me demandáis! Erigidme un falo como la luna de Alejandría que me arrebate hasta sus más íntimos secretos. Pronto el brumoso polvo desaparece, y aunque tu rostro está tintado del dorado albero, ocupa ya a tus enemigos ferozmente. Después ya nada puede impedir que venzas».

Pero esta vez Marcia no parece disfrutar de la carrera. Sus labios turgentes se trocan más atentos a la amena conversación de Marco. Lejos de Roma no se acostumbran los refinamientos y tal vez la inútil fortaleza es demasiado inconstante para una raza libertina. Alguien que lo ha visto correr en el Circo Máximo sabe que algo no previsto está ocurriendo. En la última curva ha estado a punto de volcar por no ejecutar la orden con soberbia. Si la mente no se concentra en la cuadriga podría caer y ser arrollado por el resto de la formación, o lo que sería aún más humillante, podría ser vencido. Nunca antes lo había sido, y si el dolor de la fortuna se instalara otra vez como un yugo sobre los hombres de esta región decrépita, los cálidos parabienes se tornarían témpanos helados que se clavarían sin compasión en los músculos y las articulaciones. Pero él sigue desesperadamente mendigando una mirada amable. Fustiga con violencia, sin medida, la oscuridad de un laberinto muy simple para hallar una candela que ha devorado el aceite a fuerza de empellones; refrena el ritmo de la duración del día para hurtar un gesto. Ha muerto. El carro del sol devasta la tierra. Nadie amarra el voraz ataque de estos animales prodigiosos que jadean y entrechocan sus cascos, y se pierden y vandean y al fin se derrumban junto a la estatua del dios.

Ella se ha marchado. Como una nave de Argos que embraza el arma de Hiperbórea atraviesa el egregio y emérito triunfador la meta.

«¡Como un río de amapolas es mi pecho!».

VI

¿Dónde está? Con el sol se ha ido. La guardia pretoriana lo protege. Hace calor. El cuerpo desnudo y exhausto yace sobre la tierra cubierto de aceites y de greda, envuelto en una mar salada de mareadas velas, febles, perdidas, derrotadas, exhaustas, desnudas, desprotegidas.

Somos un pueblo poderoso elegido por los dioses para dominar el mundo. Al fin y al cabo él sólo era un maldito carpetano incivilizado. Nosotros le entregamos una vida para que nos diera gloria, pero no toleramos la derrota. Eso hace del pueblo romano el más noble del mundo. Eso nos han enseñado nuestros mayores y confiamos en ellos. Yo nací noble, mi labor es narraros la grandeza del pueblo romano en hemistiquios heroicos. Es cierto que a veces el vino crea en mi alguna zozobra, pero son muy breves, diminutas. Ocurre que en esta tierra suceden muy pocas guerras y los veranos con sus tardes indolentes son eternas. Pero volvamos a la historia que os estoy contando. No creáis a los maledicientes que me llaman masa defecante. Soy grueso porque mi familia lo ha sido tradicionalmente. Yo sirvo a la patria con el cálamo. Yo soy un patriota y estoy componiendo un poema en honor a Augusto. Sí, volvamos a nuestra historia.

Atalo o Fulvio fue derrotado y los toledanos de bien lo increparon. Terminó la carrera en segundo lugar y se quedo tendido en el arena, mirando el palco vacío, con la mirada extraviada. Mientras tanto, el auriga de Emérita recogió la corona y los trofeos y dio la vuelta de honor entre las aclamaciones enfervorizadas de sus seguidores. Tal vez si hubiera esgrimido su puño y hubiera retado al orgulloso emeritense, habríamos seguido creyendo en él, pero se quedó allí, sin hacer nada, humillándonos a todos a porfía.

Creo que se produjo una algarada y el público saltó al arena dispuesto a increpar al traidor Fulvio. La guardia pretoriana lo protegió no sé por orden de quién y lo introdujo en la sala de oraciones. Yo lo ví caminar con los ojos comprimidos, como si no rigieran ordenadamente, con la toga desgarrada y la nariz sangrante.

VII

He de modificar esta parte algún día, cuando no haga tanto calor. Fulvio es coronado de espinas y vestido de estameña. El tirano pretor lo arroja fuera. Cuidar las palabras. Modificar todo no es oportuno.

Después de medianoche, cuando ya todos dormían, sin más festejos ni nada que celebrar, imaginaré que Fulvio fue arrojado del palacio del pretorio por dos guardias. El pretorio se ha quedado con todas sus riquezas y el pueblo voluble habrá saqueado su casa inspirado por él. Unas horas antes lo habrían adorado pero ahora no era más que una piltrafa inmunda. En la oscuridad sólo se escucharía el torvo jadear de la lasciva reina y de su nuevo amante.

Apenas hay teas encendidas durante la noche y salvo la explanada que hay frente a la puerta de la muralla interior, toda la ciudad permanece oscura, sumergida.

No sé de qué pensamientos dotar a un hombre así. Yo nunca he sido un héroe, mi vientre fláccido y sudoroso me atenaza, mi cabeza, que me determina a estar postrado antes que de pie no me... no sé. A veces me denigro. Amo la belleza y mi alma, que ha leído a Platón y a Virgilio, me zahiere con espinas punzantes, pero yo prefiero cometer injusticia a recibirla. No sé. Fulvio, Fulvio.

Fulvio se confundía entre las sombras. Como una alimaña al acecho de la muerte que la fiebre de la edad tardía le ha mentido, así se derrumbaba. Caminaba sin saber que caminaba, sin pensar en nada, por el inútil movimiento de una sangre yerta. Y de repente se detuvo sin saber por qué. Una luz ebria y ondulante le anubló la vista. Con su inquietante fulgor contribuía a turbar más a aquel hombre derrotado. La miraba horrorizado, como si un fuego que captura el alma del cielo al fundirlo desgarrara los instintos. Cayó rendido. Notó que se hallaba junto al río, con las manos heridas y todo el cuerpo magullado y dolorido. Lloró, y las lágrimas hicieron que el reflejo de la luna en las auríferas aguas fuera aún más difuso.

Y entonces, una voz noble le susurró al oído:

—Levanta la vista, antes solías, y el pálido reflejo de tu madre luna será verdadero.

VIII

—¿Dónde está la madrugada?

—Con el sol se ha ido. La guardia te está buscando para conducirte ante el pretor.

Y qué importaba ya. En el lugar que la locura abate, el cielo con sus armas perdió el valor de la palabra.

—Eras antes un pastor que cantaba al rumor del alameda. Perdimos los recuerdos de tus labios y todo cuando ocupa un corazón enamorado. La memoria que crece como el trigo en el costado hará que lleves de nuevo la voz a mi ventana, y aunque la muerte ha llamado a mi puerta, mis labios están cerrados si no es para decir tu nombre. Así el alma se halla allí atrapada y con vigor para seguir viviendo.

¿Quién era aquel anciano que se interponía a sus designios?

—¿Morirás por alguien que nunca ha amado? ¿Qué hubiera ocurrido dentro de mil días, cuando sobre la decrepitud de su rostro ya no tuviera poder el aceite de áloe? ¿La amarías como la amas hoy? Recuerda, mi pequeño Atalo, a aquella niña que cubría de lirios tu almuerzo cuando te lo llevaba hasta la fuente de las pizarras. Recuerda aquella tarde en que la mirada de los montes se ocultaba bajo el tenue manto de las hojas caídas, en que los dos caminabais de la mano con las plantas cubiertas por la estameña de un jubón maltrecho. Recuerda que hacía frío y que el viento obligaba a que la fina lluvia se inclinara sin compasión, hiriéndoos el rostro. Tú la pusiste sobre tus hombros y la trajiste a nuestra cueva. Ella, su nombre, nunca se ha quejado de su pena y aguarda junto al camino enamorada. Atalo mío, mira mis miembros ajados por los trabajos y las estaciones, un día fueron poderosos y te levantaron sobre la frente para que el sol bruñera con sus rayos tu cuerpo diminuto. Mira estos montes, mira mis ojos que no mienten y mira los tuyos reflejados en el río, miraron las aves peregrinas y el avena nueva que crecía de la tierra.

Es cierto, la memoria no ha podido sucumbir a los dorados atrios ni a los purpúreos lazos. Pero ya todo se ha perdido en el curso de los viajes.

IX

—Aquí vienen ya, hemos de huir.

—Atalo, ven con nosotros.

Yo me hallaba presente. No me avergüenza reconocer que recibía los favores de una lavandera. Era joven, cimbreante como la diosa Venus surgiendo de las aguas, y dócil al enhiesto tahalí que portaba junto a mi vientre. Aquella noche sofocante la guardia pretoriana derribó todas las puertas para conducir a Marco a presencia del nuevo gobernador a cambio de una recompensa. El pueblo no se había atrevido a interponerse por temor a la cólera del emperador, sabía que en Aquitania había hecho destruir una ciudad entera porque sus habitantes se habían negado a construir un puente sobre el río Garona. De todos modos, las simpatías por aquel hombre se habían transformado en furioso rencor. Los emeritenses no sólo habían conservado el honor de poseer el héroe de Hispania un año más, sino que con ello despojaban a Toledo de sus exvotos sagrados, con lo cual quedaría desprotegido ante las inquinas de los dioses, sin nada que ofrecerles para aplacarlos. Y todo por ese maldito Atalo, en quien, además de depositar sus esperanzas, habían depositado su dinero. Así pues, nadie en la ciudad se hubiera atrevido a protegerlo. Por todo ello, cuando los soldados observaron a los tres carpetanos junto al río, se lanzaron tras ellos con un inusitado valor.

—Ven, hijo mío.

Yo sé bien lo que pasó, aunque sé que no creeréis mis palabras. Los maledicientes han dicho cosas de mí que no son del todo ciertas. Os contaré la verdad de lo que ocurrió, sin omitir más que detalles insignificantes. Yo, como os decía, seguía mi camino para yacer con quien os he dicho, digámoslo claramente, cuando oí una gran barahúnda de soldados acercarse. Al cabo aparecieron ante mí los tres fugitivos, que quedaron paralizados al verme. Los aguardé sin conmover mi figura y ellos, al comprobar que no sentía ningún temor a cualquier amenaza que ejercieran sobre mí, les dejé marchar por su vía. Así soy yo de liberal. Cuando aparecieron los soldados al momento, sin que hubiera modificado un ápice mi gallardo porte, aguardé a que pasaran. Pero lo hallé mal, porque se acercaron a mí con ánimo inculto y poco digno a una persona de mi rango. Y he aquí mi gran hazaña que algún día valorarán los niños en sus juegos, cuando esta tiranía que nos atenaza y nos sojuzga se comprima y quede reducida a nada, reinando de nuevo ¡la libertad! Sepan todos cuantos leyeren mi escrito que hice errar la senda a los soldados, y que de este modo los tres hombres pudieron escapar sanos y salvos. Muy bien, decidme, ¿qué os parece?

X

Añadiré aún unas palabras más, ya que resta un trozo de pergamino sin usar, para deciros que creo que después de aquel día he visto una vez más a Atalo; que sucedió en unas circunstancias muy extrañas, y que ello ha sido lo que me ha movido a escribir esta historia, a pesar de mi cálamo cansado y de que ya no puede recibir más honores por mis poemas. Mas al contrario, si alguien leyera esto en estos días, qué sería de mí, perdería todo, sin duda; pero a veces me rebela la injusticia y siento ardientes deseos de gritar.

Pues bien, como os decía, sucedió que durante el certamen que se ha celebrado este año en Emérita

Augusta, del que todo el mundo habla, a causa del extraordinario acontecimiento que se produjo al lanzarse un misterioso espectador al arena con el blasón de Toledo, he de confesar que al verlo vadear la flámula hasta concluir con el indómito toro sumiso como un cordero, sus brazos, su figura, a pesar de su desaliñado aspecto, yo diría, en fin, que era él, Atalo, digo. Y este hecho me lo confirma más aún que recogió la corona con sus manos, la portó hasta la tribuna donde se hallaba Marcia colmada de honores junto al nuevo pretor y la arrojó a sus pies. Yo observé su rostro desencajado en ese instante. El resto ya lo conocemos todos, aquel hombre, fuera quien fuera, se internó por el arco grande y desapareció sin dejar rastro.

WIDAD

Me deslumbra la Belleza, nada más.

Cuenta una tradición popular que en tiempos del gran al-Ma'mun de Toledo, en los últimos años que precedieron su asesinato, amenizaba sus atardeceres una hermosa muchacha del mismísimo genio de Febo. Ella tenía la mirada clara y transparente y le gustaba recostarse en el alféizar de su ventana para contemplar del jardín real. Sus ojos parecían vagar entonces de rama en rama perdidos en el vacío del aire hasta el anochecer. A veces su mirada se alzaba más allá del al·minar de la mezquita mayor y pugnaba por escrutar matices irisados de vívidos recuerdos y níveos almendros de una lejana primavera.

Su presencia era sólo deseo para muchos, tantos como aquellos que hubieran dado el aliento de la vida por conocer los sentidos de su frente blanca y despejada. Pero sus febles manos sólo se afanaban con tañer suavemente la cuerda de su mismár, suprema melancolía que surge de un alma inquieta.

Decía la malicia cortesana que llevaba la sangre bastarda del rey mezclada en sus venas con la de una franca, y éste era el único motivo de que él se limitara a escuchar ensimismado los acordes que extraía del instrumento.

Cada tarde, en el mismo punto que el sol coloreaba el horizonte de rosas y naranjas, los dos eran llamados por la costumbre a sentarse bajo el más frondoso olivo del jardín, y allí permanecían juntos el tiempo que tarda el disco solar en hundirse en las profundidades del reino de Toledo.

Dicen también que, sólo entonces, las crispadas facciones del más famoso Banu di-l-mun adquirían la tranquilidad con que el Tajo se desliza a su paso por las cunas toledanas. No obstante, tenía el monarca una obsesión que alejaba su presencia de la niña largas temporadas: la posesión de Córdoba, y ella lanzaba en aquellos días de soledad sus conciertos al aire.

Ayudado por Hakan ibn 'Ukasa y su buen amigo Alfonso VI logró tomarla al fin un mal enero que traería su desgracia, pues muriendo marzo del año 1075, cuentan las crónicas que moría envenenado al-Ma'mun por algún sicario de su propio séquito. Los romances, por su parte, cuentan de ella, —que atendía al nombre de Widad ("la querida")—, que no cayeron sus tibias lágrimas sobre el envés de algún dedo afecto, que tampoco buscó su zihara más abrazo que el de un pequeño surtidor que refrescaba sus noches de verano, y que ya no durmió más que bajo el atezado lamento que planeaba bajo la bruna espesura de sus pestañas.

Vivió para morir divisando el desmoronar del Toledo musulmán bajo el mando de al-Qadir, y el día que sonaron las campanas de la reina Constanza en la Mezquita Mayor, en el punto que el sol colorea el horizonte de naranja y rosa, bajó al río por la Cava y murió su mismár con el último rayo.

Allí donde el dolor reside viven los ojos que nadie conseguirá ver, porque el mundo no ve más allá de sus propias fronteras. Allí donde se encierran los pasos de quienes pisan y horadan su tierra de ejércitos y religiones..., allí reside ella.

CUENTO ESENCIAL
(Desaforado amor por la palabra)

Me deslumbra la Belleza, nada más.

Cuenta Jerónimo Jiménez de Urrea en *La famosa Épila* la historia del príncipe Fileno. Durante más de diez años, este joven príncipe gobernó sabiamente su reino, no sólo haciéndolo próspero en los bienes, sino bueno en las costumbres. En todo ese tiempo estuvo a su lado su esposa Erífile, de quien estaba profundamente enamorado, si bien, hasta entonces, no le había sido concedido el fruto de la maternidad. Eran felices y el pueblo participaba de su misma felicidad.

Hasta que una malhadada tarde de mayo ella se sintió turbada en el vientre. Sus doncellas la trasladaron al lecho y se hizo llamar a los mejores médicos, pero, al cabo, murió.

Fileno sintió un peso brutal sobre su frente y, sin percatarse, descuidó sus tareas de gobierno. Pasó el tiempo y, por fin, tomó una decisión: dejaría su reino en manos de su chambelán y él se refugiaría en las montañas con un reducido séquito.

Así lo hizo. Desde entonces ocupaba su tiempo meditando en la espesura de los bosques, triste y melancólico. Cierta mañana se sentó junto a un arroyo, alzó la vista y contempló las altas cumbres, luego cogió una rama marchita que yacía junto a él y, sin notarlo, comenzó a trazar líneas sobre la arena mojada. Pasado un rato, dio un respingo y se puso en pie para cerciorarse de lo que había dibujado.

—Es ella— dijo.

En efecto, era el rostro de la amada. Entonces corrió hacia su humilde cabaña y encargó a su sirviente que le trajera lienzos y pinceles.

Desde entonces, se cuenta que empleaba los días haciendo mixturas y pintando sin cesar. Guardó y descartó, sombreó y difuminó, y tanto fue su empeño que no tardó mucho en representar los ojos de la amada como él los recordaba.

Mirólos. Un estremecimiento le corrió la espalda.

—Es ella —repitió.

Y realmente lo era, pero sus ojos miraban y no veían. Entonces se echó a los montes hasta caer sin resuello en mitad de un robledal. En el suelo tumbado sólo oía su respiración entrecortada, pero, al fin, ésta acompasó su estado y empezó a percibir a lo lejos el sonido de las oropéndolas. Estuvo atento y se halló rodeado de los sonidos de la naturaleza. Entonces corrió hacia su humilde cabaña y encargó a su sirviente que le trajera liras y zampoñas.

Anunció en el escueto reducto de su nuevo reino que se emplearía de continuo en el noble arte de los rumores y los silbos. Así lo hizo, y al poco extrajo del olvido la voz de la amada, o eso creía él, pues pronto advirtió que los ecos que brotaban de sus manos escapaban sin dejarse atrapar.

Cierto día se compuso para crear una palabra surgida de su lira, el nombre de la amada, y ciertamente la persiguió toda la mañana, pero volaba tan alto, tan alto, que no podía sino oírla como en un susurro.

Cuando por fin se disipó en el aire, se halló lejos de su casa, así que se sentó cabe una piedra. Perdido en su pobreza se detuvo a mirar a las hacendosas hormigas, y, al punto, levantóse, meditó un instante, se dirigió despacio a su morada y encargó a su sirviente que le trajera morteros, semillas y borras sin criar.

Hízose como disponía y empleó las estaciones en cultivar un huerto y en criar un hato. Al cabo se afanó en la elaboración de queso y viósele recaudarlo en cuevas, aromatizarlo con humo de romero y añadir la miel. Luego lo cató. Sin duda su sabor le recordó sus labios, y, durante un tiempo, lo tomó entre los suyos y dejaba que la boca se llenara de sus besos.

Vano afán. Cada vez cocía con menor fruición los frutos de la tierra, así que una tarde salió al vado y a la alameda mintiéndose a sí mismo.

—Preciso cardamomo. Lo hallaré lejos —se dijo.

Bien sabía que en aquel pago no lo hallaría, zarzamoras a lo sumo, así que, no bien llegó al río, dejó su cesto a un lado y se introdujo sin mesura en las aguas cenagosas. Para su desgracia quedó varado cerca de la orilla y maldijo su mísera existencia. Trató de revolver el fondo con sus plantas pero no le fue dado, así que agarró barro entre las manos y lo estrujó con fuerza. Una desconocida sensación de esperanza le inundó de súbito y pugnó por liberarse de su particular prisión.

No bien lo hizo retornó a su casa y encargó a su sirviente que le trajera un apero de alcaller. Por las noches se ponía al amor de la luna, si la había, o al crepitar del fuego en los inviernos, y por los días, a la sombra, y horneaba lo que había torneado. El resto lo empleaba entre buriles.

Así encontró la suavidad en el gesto de la amada. Como antaño podría recorrer sus mejillas con las manos. Hasta que una mañana certera colocó el mármol y el barro uno junto a otro y vino a acariciarle los labios. Los halló fríos, y aunque se deleitó por extenso frente a ella, pues así era como mejor podía recordarla, a la mañana siguiente se sentó en el poyo de la puerta.

Permaneció estaciones enteras allí sentado. Por las noches acudía como un romero a los lugares hollados y trataba de inspirar alimento entre la bruma, aunque fuera un solo aroma de su antigua vida, pero a medida que se alejaba de su huerto los miasmas lo invadían y lo dejaban sin alma, desalmado.

De este modo percibió las esencias que crecen en los prados y aprendió sus nombres. No pidió nada más. Tomó almizcle untuoso, endrinos, ulmarias y cuantas materias consideró necesarias hasta percibir la esencia de la amada. Luego se tendió en el suelo y fecundó la tierra. Durante un rato veló en silencio a la luna, luego se quedó dormido. Por la mañana temprano se despertó mohíno. Se dio cuenta de que no había comido nada en días, pero no importaba. Se puso en pie y empezó a andar. Pasó junto a su estancia, pero no se detuvo, no había motivo. El sol incidía sobre su espalda cetrina y los párpados resecos dejaron de lubricar sus ojos. Incluso los propios pasos lo conducían sin voluntad ni gobierno a cualquier frontera.

Llegó la noche a la hora convenida. Ningún esfuerzo le obligaba a detenerse, así que siguió la huida a ninguna parte. Sus pies desnudos desbrozaban los caminos por nacer y asperges de su sangre rociaban fugazmente la senda de quien se hubiera aventurado a seguirle. Llegó la noche segunda y cayó rendido. El agua de la lluvia bulliciosa recorrió entonces los surcos áridos de su frente e inundó las cuencas desecadas de los ojos y la boca. Como un hálito diminuto, el nombre de la amada le retornó a la vida, le animó a incorporarse y a escrutar el amparo de una cueva. La halló. Acudió penosamente a su reclamo. Detúvose un instante ante la negra oquedad, luego se somorgujó sin denuedo. Un estremecimiento le sacudió el pecho. Permaneció quedo, pero no hubo nada. Derrengado cayó al suelo, se agitó acurrucado y quedó mudo.

A la mañana siguiente, o a la noche siguiente, quién sabe, imaginó aletargado que soñaba y una luz ambarina se percibió a lo lejos. Se incorporó levemente de costado y una meliflua sensación anegó el espacio recién vivificado. Bajó un instante la mirada para cerciorarse de lo que imaginaba y se dejó embriagar a porfía. Entonces imaginó escuchar el nombre de la amada y es esforzó por repetirlo. Abrió sus fanales furiosamente y la luz tornasolada iluminó el fondo bruñido de su cueva. Una extraña sensación lo embargaba y tomó consciencia de que fluía al ponerse en pie. Era ella. O él estaba muerto o ella viva, pero ambos se abrazaban y lo sentían. Por doquier besos con sabor a beso lo abrumaban y cundían en el empeño de no perecer.

Así termina la narración Jiménez de Urrea. Parece inconclusa. Hemos tenido noticias hace poco que en un ejemplar de la obra existente en la Biblioteca Laurentiana del Vaticano se añaden manuscritas unas palabras más. Nosotros las añadimos a título de curiosidad:

En el propio torrente de las cosas, el autor no sabe descifrar este misterio y sólo hace constar que no se halló presente, que escribe lo que le contaron. Si la historia es cierta o no lo ignora, aunque lo ha pensado, que veladas tiene muchas noches, no sabe con qué afán, y que sólo ha advertido que los sentidos exacerbados crean arte que imita a la natura, y que la combinación de todos generan el embrión de la vida y, por tanto, de Dios.

BLANCA ZAGRAS LAURO

Me deslumbra la Belleza, nada más.

No hay extensión más grande que mi herida,
lloro mi desventura y sus conjuntos
y siento más tu muerte que mi vida.
Ando sobre rastrojos de difuntos,
y sin calor de nadie y sin consuelo
voy de mi corazón a mis asuntos.

Sólo tú, Blanca. No puedo determinar el momento
exacto en que tu llama aleve ha surgido o se ha avi-
vado. Han sido las circunstancias que vivo, desde

luego, pero habitaba en mí como un inocente secreto. Ella dominaba todo, al punto que yo no me permitía nada más. Tal era la fuerza que nos anudaba, que no atendíamos lo que fuera sucedía. Un día miréla y ella miróme, y ya no existió nada más. Pulió mis contornos y yo, a fuerza de besar los suyos, los pulí también, de modo que nos convertimos en uno de esos raros andróginos que permanecen ensimismados en su propia naturaleza.

Y de repente un día se desencadenó esta guerra prementida que aún sucede. El rayo que ha sacudido nuestro pacífico reino ha vuelto en dos lo que era uno y debía serlo siempre, y me ha dejado *ciego y con hambre y sin el alma mía*, de manera que vago perdido y deshabitado por lugares que no conozco, con el costado como un río de amapolas y con el orden de los elementos puestos del revés: mis obras, mis recuerdos y mis pensamientos.

Tal es el poema que leí hace milenios y no entendí. Ahora se me viene a borbotones y lo entiendo todo. El poeta ha perdido a la amada y el alma le abandona por seguirla, dejándolo desalmado, exánime, desanimado. También los ojos y el corazón.

Partiendo de la luz, donde solía
venir su luz, mis ojos me han cegado;
perdió también el corazón cuitado
el precioso manjar de que vivía.
El alma desechó la compañía
del cuerpo y fuese tras el rostro amado;

así en mi triste ausencia he siempre estado
ciego y con hambre y sin el alma mía.
Agora que al lugar, que el pensamiento
nunca dejó, mis pasos presurosos,
después de mil trabajos me han traído,
cobraron luz mis ojos tenebrosos
y su pastura el corazón hambriento,
pero no tornará el alma a su nido.

Corazón y ojos han retornado al cuerpo, las cuencas del poeta se ciegan con la luz que traen y el pecho recupera el eco de un latido imprescindible para seguir un rumbo, opuesto a lo que considero vida. Sé dónde estoy y no me gusta este lugar.

En este tinglado, la obra que ahora represento ha

hecho aflorar la imagen irreal de tu belleza titilante, que siempre he admirado. El bien en que vivía se ha perdido sin remedio y tu hálito me lleva irremediablemente hacia el lugar lejano en que te encuentras. Sé que no seré capaz de llegar nunca y que tú huyes más deprisa que mis plantas. Sábete, no obstante, que mi amor por ti nace donde nació mi amor por ella, por eso no maldigo a mi feble fortaleza ni la culpo.

Cuando me paro a contemplar mi estado
y a ver los pasos por do me ha traído,
hallo, según por do anduve perdido,
que a mayor mal pudiera haber llegado;
mas cuando del camino estó olvidado,

a tanto mal no sé por do he venido;
sé que me acabo, y más he yo sentido
ver acabar conmigo mi cuidado.

Acecho o fisgo en el espejo mi rostro ajado, surcos salados de torrentes pasajeros que surgen a porfía lo dibujan. Desprovisto de cualquier defensa, maldigo mi osadía una vez y otra vez sí por no guardar las convenciones. También lucubro, si es que la vorágine en la que habito me permite lucubrar, que es traición amarte, pero no es así, dicen, digan. Me he tatuado su nombre y lo pronuncio a cada instante al tiempo que te sigo a una distancia sideral hasta que pierda tu rastro finalmente. Pero creo que *un cielo en un infierno cabe*, como si dijera. Probé el amor y lo sé.

Blanca, hoy he creído en Dios un instante. Primero he rezado para que me retorne a ella antes que después, pero al cabo tengo deberes que no me dejan fenecer. Luego, en el vórtice de esa barahúnda en que moro, me he conformado con volver a verla cuando me sea otorgado, y que el hacedor de todas las cosas, en su infinita sabiduría, la ha llamado a su lado por razones que mi razón no entiende, y que quizás así le ha otorgado una vida mejor y le ha evitado una muerte más insana. Pero enseguida he renegado de esa imagen y de dioses que fulminan a sus criaturas y nos dejan sin alma, desalmados.

Blanca, amor mío, mi confidente hasta que desvelo cuanto digo. Confieso que he vivido. Primero mi infancia y adolescencia de juegos y lecturas; después ella con los trabajos y los días. Me resta, no lo sabía, una tercera vida de la vida y no puedo evitar seguir las huellas que has dejado. Perdóname si te conturba, y en la improbable quimera que alguna vez alcance tus dominios, detenme sin denuedo, no los traspasaría sin tu facultad.

Así que ella dominaba el sentido de mi existencia, la perturbas tú al presente. No sé cómo, no sé nada. En mi alta consideración, de qué me servirán oros y oropeles si no puedo compartirlos con ella o contigo.

No eres tú porque no esté ella, ella hubiera sido siempre pero no puede ser, y lo que es, esto, quisiera contigo o que no fuera. De ser, sería como fue con ella, todo, porque otra cosa sería nada.

Ya no me es dado seguir escribiendo. Sólo esbozos de palabras, frases inconclusas, versos recordados: *Con tres heridas vengo: la del amor, la de la muerte, la de la vida.*

Mi verso brota de manantial sereno;/ y más que un hombre al uso que sabe su doctrina,/ soy, en el buen sentido de la palabra, bueno.

Después de todo, todo ha sido nada,
a pesar de que un día lo fue todo.
Después de nada, o después de todo
supe que todo no era más que nada.

Grito ¡Todo!, y el eco dice ¡Nada!
Grito ¡Nada!, y el eco dice ¡Todo!

Ahora sé que la nada lo era todo.
y todo era ceniza de la nada.

¿Qué más puedo decir que pueda? ¿Qué más alto que me escuches y me escuchen? «*Ah de la vida, ¿nadie me responde?*». «*Soy un fue y un será y un es cansado*». Adiós. No me resigno, aún respiro. «*Por doler me duele hasta el aliento*». Una nube comprime mi frente. Delante no hay oscuridad, hay nada. Hasta la desesperanza se cansa un día. Hay algo admirable en las hojas muertas del final del otoño. Aun así la belleza existe. Lo sé. Lo he sabido siempre. No tengo instintos para levantarme esta jornada. *Retoñarán aladas de savia sin otoño reliquias de mi cuerpo que pierdo en cada herida.* Porque soy como el árbol talado que retoño, aún tengo la vida. Quisiera creerlo mi mente ebria pero no lo cree.

El viento se posó en la noche, yo dormía, un núbil aliento traía de reproches y recuerdos. Nunca más el día llamó a mi puerta, y aunque mi boca entre-abierta sufría, sólo exhaló su nombre sin más razones. Oh, pensamiento que provocas y sofocas con amor los corazones, olvidó el alma un momento velar en la madrugada y la calma de la amada alejas, y en su memoria dejas la existencia presa, dejando en los labios muertos, su nombre puesto: Princesa, Princesa.

Hace frío fuera. Ha llegado el invierno. Desde la ventana veo criaturas encorvadas por mor del viento gélido, atizadas no atezadas.

Vida, muerte. Amor ingrato.

Me repito mis pilares: *Dulcedo quedam mentis advenit. Desaforado amor por la palabra. Oh, flexamina, atque omnia Regina rerum, oratio.* Pero el viento es tan recio que ni los pilares me mantienen ya en pie.

Vale.

¡QUÉ PENA DE VIDA!
(Cuento para desentonar)

Estaba siendo un amanecer normal hasta entonces para la señora de García, doña Luisa Fernández,
tal vez de un miércoles. Nunca la mañana conoció la
ausencia como una alborada. Se había levantado a
las seis y media, como de costumbre. Antes que su
marido. La alondra aún no había llegado, era otoño,
era normal. Había hecho café. Había enchufado el
tostador. También había metido las tostadas dentro. El despertador sonó después. No había dormido
bien esa noche. No dormía muy bien últimamente.
Cada noche se toma una aspirina. Le duele la cabe-

za. Los domingos le duelen dos cabezas. Desde hace tanto. No duerme muy bien. Hace tanto. No sabe por qué. El despertador sonó a las siete. Como siempre. Ella se ha levantado antes. Debía ser un día normal. Como siempre. No había dormido bien. También prepara galletas. Redonditas. Su marido de cuarenta y siete años gordos se levanta a las siete. Se va a trabajar a la fábrica. Fabrica fábricas. Trabaja en la fábrica desde hace cincuenta fábricas. Empaqueta dieciséis por minuto. Novecientas sesenta por hora. Fábricas de plástico para los niños. Un millón novecientas cuarenta y tres mil cuarenta al año. Tiene que estar en la fábrica a las ocho. Tiene que estar a las ocho en punto. A las ocho ficha. A las ocho menos cuarto en punto lo recogen. Lo recoge el autobús de la fábrica. A las ocho menos cinco está en la fábrica. A las ocho menos cuatro se fuma su cigarro. Se fuma su cigarro de las ocho menos cuatro. Como siempre. A las ocho ficha. A las ocho y un minuto se pone su casco. ¿Para qué hará falta casco?

El distinguido García tiene hoy un almuerzo suculento: pan de trigo de ayer, chorizo de cerdo del mes pasado y vino blanco del año de las nubes. Y mejillones de postre, «La alegría del Cantábrico». En escabeche. Y una manzana para fumar.

La señora Fernández, su señora, la señora de García, García el gordo, el gordo y orejón García, García el de la Luisa, cuando su marido se va tiene unos momentos de paz y de libertad. Aún es de noche, se prepara su café, sus galletitas redondas, sus aspirna efervescente y se sienta. Hay silencio en el tibio amanecer. Sólo resuenan las crepitantes explosiones del ácido bullicioso. Le gusta que le chisporroteen en las mejillas. Le duele la espalda y el cuello, pero en estos momentos eróticos no lo siente. Se sienta en el sillón de su marido, apaga la luz y deja que las penetrantes gotitas le resbalen por el cuello sudoroso. Pronto terminará todo, su bata está descompuesta y la manta de la mesa camilla vibra al compás de sus piernas desbocadas. Todo ha terminado. Se levanta a oscuras y descubre somnolienta que amanece por las rendijas de la persiana.

«¡Las ocho y media! ¡Deprisa! ¡Tienes que llamar a los niños!». Esa dichosa voz interior, ¿no recuerdas? Han de ir a la escuela. Vamos, levántate, Luisa

Fernández. Sabes que el más grande está en el instituto, en el tercer año del primer año. «Si llegara a ingeniero». Es poco agraciado, pero mide uno setenta y cinco. Para él la evolución se detuvo en el Mesolítico. Años más tarde puede que muera en una reyerta de drogatas. La más chica en la escuela. «Si se echara un buen novio». No es fea ni guapa. Alomejor cuando tenga quince años la tumbará uno de veintitrés y ya irá de tumba en tumbo.

Se van los hijos y queda la casa. Rebaña las sobras, pone la radio y se retoca el pelo. Aún está en bata del siglo de las Luces que ya no tiene. Se pone a hacer las camas de sus cohabitantes y a limpiar las paredes y los muebles, y los vasos del suelo, y las cucharas, y las paredes, y el suelo, y los vasos, y se pone a hacer las camas, o sea, a colocar bien la ropa blanca con que se arropan los otros y ella. Ella no trabaja en una fábrica haciendo camas. En su casa quien trabaja es García, quiero decir, el que lleva el dinero a casa, porque en casa, lo que se dice en casa, él nunca hace nada, ni de día ni de noche.

Hacia las once más o menos, qué más da, como cada lunes y martes, la de García hace la gira turística por el super o por el hiper, según se mire, según se miren las personas que lo dicen, porque, en realidad son lo mismo, ¿o no? Incluso, hasta los mercados, a secas, pueden ser más grandes. Perdón.

Generalmente se va con la Pepi, quiero decir, con doña Josefa Gutiérrez, la Pepa, la de Pérez. Su marido trabaja con García. Su marido es portero. No todos los domingos. Es portero del campo. Del campo de fútbol. De fútbol del equipo de la ciudad. De la ciudad en donde viven. En donde moran y mueren... El equipo estaba en primera división el año pasado, pero ya no está en primera división este año. Este año está en segunda división. No va muy bien pero su marido era portero de primera división. El presidente era un cabrón que se lo llevaba crudo. Antes no era portero ni ella portera conserte, él era sólo fabriquista, pero ahora es trabajador y portero. Hoy tendrá que portear porque hay partido de copa.

La señora de García y la señora de Pérez van a la compra juntas. Antes, además, iba la de Gómez, Dolores, Loli, la que le tocaron los ciegos. Antes era joven, pero ya no, ya tiene treinta años por lo menos.

En la sección de carnicería venden pollos, pero en el hiper se llama «carnecería» y venden despojos. Se dicen muchas cosas aquí. Hay una clasificación extraoficial de número de apariciones en los comentarios cotidianos. Ahora la clasificación está como sigue: Alberto Luis, el de la *Clara Rosa* de a mediodía, cincuenta y siete; Pedro Sánchez, cuarenta y tres; Rondal, dieciséis; la Antonia, Paquirrín... Claro está que la lista es susceptible de cambios casi inauditos. Así, por ejemplo, la Antonia permaneció hace poco inamovible dos semanas en primera posición. Su marido tuvo un accidente en la fábrica y le han tenido que amputar un brazo, pero ya va bajando. Ella es la primera vez que entra en la lista del santuario, y para ser la primera ha sido todo un éxito. Los otros integrantes de la lista entran más veces, están más acostumbrados. La Luisa apenas si ha estado, alguna mención, pero pocas. Ella vota más bien. Con todo, siempre hay alguna del barrio bien colocada. Durante el verano está lista de habladurías, dimes y diretes baja mucho, sobre todo en la sección de carnicería, porque se pudre. El quorum se va a Benidorm o a los pueblos. Así que la temporada oficial viene a comenzar allá por la primera semana de septiembre y termina por la última de junio.

El resto del super es más aburrido, coges lo normal, que te cuesta lo normal o más y te vas.

Ya son las doce y media y los garbanzos sin hacer. ¡Ring! ¡Ring! ¿Ring? ¡Ring!: El teléfono.

—Dígame —con voz dislocadamente alicaída.

—¡Bueeenos días! —Muy cálida y efusiva—. ¿Doña Luisa Fernández García?

—¡Ahhhhhhhhhh! ¡Andrea! Pero Andrea... ¿eres tú de verdad?... ¡Ay, Dios mío! ¡Pero, ay qué ilusión!

—Doña Luisa...

—¡Ay que no me lo puedo creer!... ¡Qué nerviosita estoy!

—¡Luisa, Luisa!

—¡Ay, a mí me va a dar algo!... ¡Ay, señor!

—Tranquilícese usted, doña Luisa, que sí, que somos de *Gane con Andrea*. Su carta ha sido elegida entre un montón de cartas que beben nuestro maravilloso refresco Tanganica. Veamos, doña Luisa, aquí tenemos una carta con nue...

—No, si he mandado más, más. Esta semana he echado por lo menos cuatro... Pero, ¡qué contenta estoy! ¡Ay!... Mira, guapa, veo todos los días tu programa, eres la mejor.

—Gracias, Luisa. Bueno, no tenemos mucho tiempo. Aquí tengo tu carta con, veamos, nueve etiquetas del refresco de Lima más chachi, el sabor caribeño de Tanganica. Bébalo, se sentirá transportado a un mundo mágico de sabores... ¿verdad, Luisa?

—Sí, sí, ¡ay, qué nerviosa estoy!

—Gracias Luisa, gracias. Con nosotros está el concursante que va a apretar una tecla de nuestro ordenador central para tu regalo, ya sabes, «tu mundo mágico», el «mundo mágico de Tanganica». ¿Preparada, Luisa?

—Preparada, preparada, Andrea. Estoy nerviosísima. ¡Qué tenga buena mano ese señor, a ver si me toca algo bueno!

—Vamos a verlo, Luisa. Preparados... ¡que suene la música...! Y ya puedes apretar el botón, Vicente. Aquí está... el número cinco. Y el número cinco es... ¡tatachán!... ¿Luisa, sigue ahí?

—Sí, sí, ¡qué nerviosisisimita que estoy!

—Ya sabe, doña Luisa, que usted tiene la posibilidad de cambiar su regalo por tres mil euros y una caja de botellas Tanganica, el refresco mágico que le transportará al mundo que siempre había soñado. ¿Qué elige?

—¡Huy! Es que no sé qué hacer... Me voy a arriesgar con el premio, Andrea. Siempre se lo digo a mi vecina Mariló, que el dinero es siempre mejor, pero yo voy a escoger el premio y...

—Gracias, Luisa, he aquí tu regalo. Tu regalo es... ¡tatatatchán!: ¡Un Carrasclás T.1 flex, el coche que le ofrece las mejores prestaciones y un acabado perfecto!

—¡Ay, ay, ay y ay! ¡Cuidao, Andrea, un coche! ¡Un coche, un coche, con la ilusión que me hace!

—Sí, sí, señora, y no un coche cualquiera, sino un Carrasclás T.1 flex, el único con parachoques dorado y con volante de recambio.

—¡Ay, Dios mío!, ¡qué felicidad!

—¿Cómo se siente usted al verse propietaria de este maravilloso coche? ¿Qué va a hacer con él?

—No sé, no sé, yo creo que a mí me va a dar algo.

—Por último, doña Luisa... ¿le gusta a usted mucho el sabor caribeño del refresco especial Tanganica?

—Claro que sí, claro que sí, desde que salió en tu programa lo compro todos los días y se lo meto a mi marido en la botella del vino, y a los niños para que se lo beban en el recreo. ¡Como es tan refrescante!

—Muy bien, doña Luisa, no le molestamos más. ¡Enhorabuena!, y ya sabe aquello de «El sabor caribeño, ¡qué sueño! Refresco Tanganica». Adiós, Luisa.

—¡Ay!, gracias, Andrea, guapa, que tienes el mejor programa del mundo.

—Hasta siempre.

—Adiós, adiós.

Como hemos amanecido con la de García y conocemos todos sus íntimos secretos, estamos por continuar con ella y con sus muecas.

La Luisa nota que los pezones se le ponen duros mientras corre por el descansillo y un leve quemazón le alivia las piernas sobrepuestas.

—¡Pepi! ¡Pepi! ¡Pepi! ¡Ay, Dios! No sabes lo que me ha pasado.

—¡Chica, qué!

—¡Ay!, que no sabes quién me ha llamado. ¡Ay, qué alegría!

—No sé, ¿quién?

—¡Ay! Mira, que no puedo respirar... ¡Andrea, Andrea!

—¿Andrea la de televisión?

—La misma, y me ha tocado un coche, te das cuenta, ¡un coche!

Ni qué decir tiene que hubo barahúnda en el vecindario hasta las dos menos cuarto. A las dos menos cuarto blanco y radiante sale el cortejo del portal. A las dos en punto entregan el coche blanco. ¡Quién lo hubiera dicho a las siete de la mañana! Es el día más feliz de la vida. A las dos han dicho que llegará el coche. ¡Caray, qué eficiencia! Nadie sabe por dónde llegará. Ya está todo el super superbullente. Se nota la efervescencia del momento. Cada segundo es vital y se van desgranando lentísimamente. A la hija de la Antonia la quisieron violar anoche. Un policía desde un coche de policía dice que se aparten a la acera o se dispersen. Los muchachos se revuelcan por el suelo. Por la tarde no irán a la escuela. Es imposible, no les dará tiempo. ¡Que den por culo a la escuela!

Doña Carmen Ruiz ha ido a llamar al cura. El cura está acostado y traspuesto. El cura se levanta. El cura va. El cura ya está. Don Eusebio Méndez, «el Botas», natural de sabe Dios dónde.

—¡Ay, qué congoja!

Son las dos menos diez. Hace buena temperatura. Los garbanzos se han pasado. Los huevos fritos con patatas están muy buenos. Y con vino. La calle está en un barrio residencial de la ciudad. Las casas parecen iguales, pero no son iguales. Cada una tiene un bloque y cada bloque tiene un número y letras diferentes. Así, el piso de doña Luisa no es el mismo que el de la Antonia. El de la de García es el bloque tres, piso primero, letra B, y el de la del Manco, bloque dos, piso segundo, letra C. Hay diez bloques, en cada bloque cinco pisos, y en cada piso cuatro pisos, o sea, hay doscientas mansiones residenciales. Son las dos menos cinco.

La tensión es incontrolable. Doña Luisa está luchando por colocarse en la primera fila de la carretera, pero no termina de conseguirlo. La pasada noche en un piso se murió una vieja.

—¿Que van a pasar los ciclistas? —pregunta un viejo que llega.

Algunos hombres han sacado una mesa del bar y juegan a las cartas. También hay mujeres en los balcones, como cuando vino el Papa.

Son las dos en punto. La masa se bambolea. Alguna masa se ha mareado. Ya pasan diez segundos. ¿Qué habrá pasado? Alguien cae al suelo, una niña quiere mear.

—Como me voy yo ahora. Hazlo ahí, o si no te lo haces en las bragas.

Mira tú que si es todo mentira.

—¡Ahhhhhhhhh! ¡Ya vienen! ¡Ya vienen!

Presidiendo la comitiva, el camión-bar del refresco de lima Tanganica, el sabor del Caribe, desde donde tres bellas azafatas arrojan gorras de cartón y globos de colores azul claro y azul oscuro, con una sonrisa de melocotón, con la sonrisa de las señoritas de la televisión, la sonrisa que naces con ella.

A la señora Luisa García se le hace entrega, por

fin, ceremoniosamente, de las llaves de un Carrasclás T.1 flex tres puertas. Luego posa con el refesco
en sus manos. La semana que viene saldrá en la
tele.

—¡Ahhhhh! —Grita alguien histéricamente.

Avanza la tarde.

—Bebidas gratis para todos.

El aplauso para la señora de García es estruendo-
so. Se lo merece. Ella monta a sus dos vástagos en
el coche manoseado.

—Vete a buscar a tu marido a la fábrica.

—¡Huy, no! Hace mucho que yo no...

—No seas tonta, eso no se olvida.

¡Qué hermoso acto de amor!

Cuando salgan de la fábrica, los fabricadores harán otra gran fiesta. García ofrecerá el coche a su jefe, como antes se hacía en las iglesias.

La conductora parte hacia la fama con aclamación popular. La ocasión lo merece. Una banda de muchachos va corriendo detrás.

¡Cuidado! No ha visto el semáforo en rojo... ¡Qué contrariedad!

— Es ese tonto de Jacinto.

—El diferente.

—Que han atropellao al Jacinto, el que no trabaja en la fábrica como todos los hombres, abuela, el del perrito verde, el de los libros.

—No se mueve ¿Qué hacemos?

—La policía se encargará de todo. Hruzado sin mirar.

Se decidió democráticamente que la excitada de García continuara hacia la fama. Ya se apañaría todo. En el suelo quedó un cuaderno de poemas y dibujos. Lo cogió un niño moreno y se lo llevó calle arriba. De repente se levantó el aire.

ÍNDICE

CLÁSICOS TOLEDANOS PUBLICADOS

1 *La venta del alma,* de Mario Roso de Luna
2 *Desde la luna (Viaje aéreo),* de Abdón de Paz
3 *Leyenda de Atalo, héroe toledano,* de Jesús Muñoz

OTROS TÍTULOS EN PREPARACIÓN

Estampas toledanas, de Félix Urabayen
Tradiciones y recuerdos de Toledo, de Juan Moraleda
…

Ledoria,
desaforado amor por la palabra